Public Library District of Columbia

Día de Acción de Gracias

Meredith Dash

www.capstoneclassroom.com

Día de acción de gracias © 2015 by ABDO. All Rights Reserved. This version distributed and published by Capstone Classroom © 2016 with the permission of ABDO

International copyrights reserved in all countries. No part of this book may be reproduced in any form without written permission from the publisher.

Credits:
Spanish Translators: Maria Reyes-Wrede, Maria Puchol
Photo Credits: AP Images, Glow Images, iStock, Minden Pictures, Thinkstock
Production Contributors: Teddy Borth, Jennie Forsberg, Grace Hansen
Design Contributors: Candice Keimig, Laura Rask, Dorothy Toth

Library of Congress Cataloging-in-Publication Data
Cataloging-in-publication information is on file with the Library of Congress.

ISBN 978-1-4966-0415-6 (paperback)

Printed in the United States of America in North Mankato, Minnesota.
022015   008756

Contenido

Día de Acción de Gracias 4

Historia 8

Día de Acción de Gracias
en la actualidad 20

Más datos 22

Glosario 23

Índice 24

Día de Acción de Gracias

El Día de Acción de Gracias es un día para expresar agradecimiento. Es un día para **reunirse** con la familia y los amigos.

El Día de Acción de Gracias se celebra en noviembre. El cuarto jueves del mes.

Historia

Los **peregrinos** fueron los primeros en celebrar el Día de Acción de Gracias.

9

Los **peregrinos** llegaron a América del Norte en barco.

El barco se llamaba **Mayflower**.

El primer invierno fue difícil. Muchos peregrinos no sobrevivieron. Después conocieron a los nativos americanos.

Los **nativos americanos** sabían sembrar, cazar y pescar. Les enseñaron a los **peregrinos** a hacer lo mismo.

Los **peregrinos** estaban agradecidos por la buena **cosecha**. Por eso invitaron a sus amigos nativos americanos a un **banquete**.

Los **peregrinos** y los **nativos americanos** celebraron durante tres días. Jugaron y contaron historias.

El Día de Acción de Gracias en la actualidad

Ahora muchas personas de los Estados Unidos celebran el Día de Acción de Gracias. Comparten una comida especial.

Más datos

- La comida del primer Día de Acción de Gracias fue carne de ciervo, mariscos, carne y arándanos.

- Los **peregrinos** eran protestantes ingleses. Vinieron a América para separarse de la iglesia anglicana.

- Había 102 pasajeros y alrededor de 30 personas en la tripulación del **Mayflower**. Tardaron 66 días en cruzar el océano Atlántico.

Glosario

banquete – gran comida.

cosecha – producto del cultivo maduro. Una cosecha puede ser de vegetales, frutas o granos.

Mayflower – el barco en el que viajaron los peregrinos desde Southhampton hasta el Nuevo Mundo.

nativos americanos – primeros habitantes de América.

peregrinos – personas que viajaron desde Inglaterra en 1620 y se establecieron en Plymouth Rock, Massachusetts.

reunirse – juntarse.

Índice

América del Norte 10

amigos 4

banquete 16

celebrar 8, 18, 20

cosecha 16

familia 4

Mayflower 10

nativos americanos 12, 14, 16, 18

noviembre 6

peregrinos 8, 10, 12, 14, 16, 18